3D 렌티큘러

시작시인선 0518 3D 렌티큘러

1판 1쇄 펴낸날 2024년 11월 30일
지은이 서정화
펴낸이 이재무
기획위원 김춘식, 유성호, 이형권, 임지연, 홍용희
책임편집 박예솔
편집디자인 민성돈, 김지웅, 정영아
펴낸곳 (주)천년의시작
등록번호 제301-2012-033호
등록일자 2006년 1월 10일
주소 (03132) 서울시 종로구 삼일대로32길 36 운현신화타워 502호
전화 02-723-8668
팩스 02-723-8630
블로그 blog.naver.com/poemsijak
이메일 poemsijak@hanmail.net

서정화ⓒ, 2024, printed in Seoul, Korea

ISBN 978-89-6021-791-1
　　　978-89-6021-345-6 04810(세트)

값 11,000원

*2024년 🏠 **수원문화재단** 문화예술 공모지원사업 지원받았습니다.
　　　　　Suwon Cultural Foundation

3D 렌티큘러

서정화

천년의
시 작

시인의 말

　나는 언어를 길들이기 위해 시를 썼는지도 모른다. 말도 되지 않는 말과 함께 언어의 들판을 횡단하면서 시 속에 한참 빠져 말무리 가까이에서 꿈을 꾸었다. 그러나 나의 시는 서툰 말만큼 아직도 미숙한 것임을 깨달았다. 끝없이 펼쳐진 언어의 광야, 그 속에서 말과 시를 구분할 때까지 한 그루 나무가 되고 싶었다. 언어의 뿌리를 내려 그 자리를 굳건히 지키는 말의 나무. 그렇다. 나무의 무덤이 되길 바랐는지도

　어려운 시기에 힘들 때마다 항상 응원을 해 주신 가족과
　시집이 나오기까지 도움을 주신 선생님들께 고마움을 전한다.

2024년 12월

서정화

차 례

시인의 말

제1부

제2부

제3부

제4부

해 설

제1부

천수암 인생네컷

형형색색 태어나는 행리단길* 간판들
영원 같은 전경으로 변하고 있을 전생 천 개의 보이지 않
는 거룩한 눈 움직이는 손, 전망은 어딘지 신점 같은 면이
있지 문턱 낮은 입구로 통과하는 호기심들 이음매 빠진 시
간 앞 네 개의 컷 네게로의 컷, 어둠의 눈 감기 위해 빛의 눈
을 떠야 하는 운명도 바꿔 놓을 이미지로 변환하니
이상의 무한을 열어 환해지는 다른 세계

환생한 천수관음보살 수행같이 넓어지는
행렬과 행간 사이 세상과 말을 걸며
압축된 암호를 풀고 나를 올려놓는다

* 행리단길: 수원 행궁동은 점집 타운이었으나 점집이 나간 자리에 다양
한 가게들이 입점되었다.

커피아노*

바리스타 손길 따라 검붉은 선율 출렁거려

　건반에서 커피 향이 송송히 피어나 달콤하고 쓴맛에 떫고 신맛 블렌딩해 고소한 향기 흐르는 상큼한 향미가 좋아 커피콩 음표 따라 청록색 짧은 음에서 녹황색 높은음 사이 스팀 피쳐 붉은색 낮은음이 맞물려 있어 미 음은 파랗고 라 음은 노랗게 눈빛이 보표를 따라 온쉼표처럼 매달리네 뭉근한 크레마 거품처럼 이어지고 레가토 피아노 연주에 심장도 부풀어

　찻잔 속 높은음자리표 둥둥 떠 그려지지

* 커피아노: 커피와 피아노의 합성어.

수상한 푸드 스타일리스트

셰프의 흥미로운 요리가 탄생하는 오늘

　반짝이는 과일은 글리세린을 바르고 콜라에 든 각 얼음은 플라스틱으로 만들어 줘 실온에 녹지 않도록 아이스크림은 돼지기름이 좋지 적정한 선까지 수프를 담아 조명 아래 모였어 빛을 빚듯 바닷가의 조약돌은 평평하게 국물에 돌의 무게만큼 높이를 적당히 맞춰 뜨거운 스팀은 전자레인지에 돌린 젖은 수건을 얹어 줘 갈빗대 바싹 구운 소고기는 용접용 버너를 이용해 감탄사를 연발했던 까다로운 미각을 돌볼 겨를 없이 바삭한 시리얼은 푹 젖어서 풀어져 눅눅해지지 않게 냄비 속 우유 따위는 잊어버리고 황홀하게 차오르는 흰색 PVA 나무 포도당을 넣고 웨이브를 넣어 줬어 그렇게, 요리할 틈도 없이 그래, 눈 더듬어 사진을 찍어 발끝으로 몰래 다가가 음식을 찍을 때는

　언제든 아르고스처럼 백 개의 눈을 가져야 하지

퍼즐 거울
—도약

뜨겁고 마른 공기 검고 붉은 거친 숨 쉰다

  무너질 듯한 심연을 온몸으로 지키며 잉어가 입 벌린 채
로 물살에 튀어 오른다 금 긋고 번쩍이며 선禪이 쏟아져 내
린 물줄기가 소리치며 풍경을 벗는다

  어느새 나로부터 떠나는 그렇지만 떠난 적 없는

호모 라보란스 칸탄스
—Homo laborans cantans(노래하며 일하는 노동자)[*]

과거를 잘라 내는 길 나선형 층계 오른다

앞으로 나아가려는 자세처럼 보여 목소리가 내 등을 때린
다 불규칙 파동이 섞인 울음으로 증언하는 우웅 우웅 긴 흐
름을 절취하는 쇳소리로 저의 뼈를 우둑우둑 꺾고선 선회하
는 열주들이 울렁이며 흘려 들어 사물대는

먼 곳이 열리면서도 닫히는 사피엔스

우뚝한 직선 세워 완곡한 곡선 너머

쇳물로 녹아 흘러 고인 그 자리에 서면

순은빛 황량의 우주 얼어붙은 음악의 별

[*] 〈호모 라보란스 칸탄스〉: 경기도 과천 국립현대미술관의 조나단 보로
프스키 조각가 작품.

접속

50년 전통 맛집에 AI 셰프가 요리를 한다
분식집부터 고급 한우 식당까지 자리 잡고 비대면 주문이
대세 태블릿 PC와 키오스크에 사람의 길이 아닌 유인원이
되어 가던 우 씨 대신 토끼 눈 반짝이던 청년들보다
전자동 왔다 갔다 하는 로봇손이 촘촘하다

천 길 낭떠러지 같던 공사장 작업 선들
전기선 위에 그라인더 선 위에 절단기 선 위에 알곤 선 위
에 용접 선 위에 기계 빔 위에서 번갈아 길 터 주며 목숨을
나누던 제 몸처럼 울어 줄 동료 따위는 잊어버리고
코딩에 익힌 길들이 화면 위로 횡단한다

공동이면서 단독이 된 보안만이 길이다
무난히 규칙에 따라 데이터에 의존해 볼 뿐
힘주어 소프트 스킬에 달라붙어 손 비빈다

인체 쇼핑

여러분의 태아에게 미래를 선물하세요

고급 맞춤형 아기를 편집할 수 있어요 키 크고 운동신경과 음악적 재능이 뛰어난 유전자를 주문하세요 난자 공급자의 자녀 사진과 취미 생활에서 대학 입학 시험 점수까지 확인할 수 있습니다 우월한 사고를 할 수 있는 DNA의 신인류 후손 보장! 살과 뼈가 뛰어난 완성품을 맞이하세요 성별을 쉽게 고를 수 있는 놀라운 인체 쇼핑! 제대혈 은행이 원스톱 쇼핑 서비스를 선보입니다 몸에서 분리된 줄기세포 상품권을 판매합니다 거금이 필요 없는 저렴한 가격으로 희망을 전제로 미래의 자녀 건강을 보장받을 수 있는 무한한 치료 능력의 혜택, 만병통치의 묘약! 언제고 줄기세포는 오랫동안 유지됩니다 일생에 딱 한 번밖에 살 수 없는 보험증권! 당신의 몸에서 추출된 혈액과 골수로 개발될 모든 세포주 다른 잠재적 자손들이 가질 수 있는 모든 권리를 자발적으로 위임하세요

글로벌 최상급 세포 유전자 자신할 수 있습니다

3D 렌티큘러

유리 벽에 안과 밖이 부풀어 올랐어요

눈부신 디테일의 볼륨은 투명해져요 세 개의 면이 돌출되는 입체감과 공간 사이 무한의 차원이 되어 새로운 길이 나더군요 보이는 세계와 불투명한 세계를 오가는 사이 루프탑이 솟아나고 시간은 파란색에서 초록색으로 편의점 간판처럼 변해 가도 노랗게 내 마음의 풍경은 은행나무가 되어 기다렸어요 투명 인간이 불투명한 인간들을 말하네요 재배열되는 건물 앞 피켓 들고 울분을 띠로 두른 사람들 농성 사이 의문의 시간 뒤에 미래를 여는 이유를 416 생명안전공원은 노란 리본을 수놓았어요 사라진 그 아이들이 굳어 가는 걸 보았어요 청록색 밤의 감정이 착시를 일으켜요 거대한 벽의 사막처럼 추인되지 않는 일들 바다를 증명하려던 불투명한 그 세계가 위험에 노출되지 않게 회멸이 되지 않도록

오늘의 뒷면과 앞면을 이제 당신이 이어 주세요

F-5 진정서

　민원서류 글씨가 힘을 잃고 흔들린다

　어눌한 발음의 목소리에 바람결에 흩어질 때 끊어지고 흐
린 숫자들 읽히기도 전에 쇳소리로 굴절되어 선 밖으로 선
이 빗나간다 비자 발급 사진 너머 이주 노동자 흐느낌의 파
동에 떨다 흐릿한 여권 사본 흑백사진은 느슨한 잔물결이
수없이 뒤섞이고 주민등록번호가 안 보여 생년월일도 뭉개
져 있다 빈칸들에 '0' 입력해 아무것도 아닌 0이 무엇이든 되
는 거듭 지워지면서 언제나 먹먹해지는 축복이자 불행한 목
구멍의 소리들 임금 체불을 증언하는 몇몇 동료들 칸마다
연명부 메우고 굳게 의기투합하자 기염을 토하듯 대낮부터
술판 벌이러 가는 길 말로 다 표현할 수 없어 미세하게 떨던
손들 줄로 나오고 줄로 들어간 유예된 증거와 몽타주, 민원
서류의 지문 없는 시간이 날벌레처럼

　오늘의 노동자 미래가 검은 칸으로 채워져 있다

공중 정원

수백 년 살아 낸 머리로 걷는 주목 나무들

굽은 곡선 오래 견딘 숨소리가 들린다 제 몸이 쩍쩍 갈
라진 균열에도 빛을 엮는 해탈의 몸 썩히고 베어 내며 짓물
러도 길을 다 열어 놓고 이슬의 눈 씻는 바람 수만 리 닦은
긴 수심도 실려 얹어 풀리고 먹놀이* 울려 퍼지는 영원 속
의 이 하루 음계를 담은 소리가 빛을 구부리는 풍경으로 우
주를 담는다

하늘눈** 팽창하는 기운 푸른 파장이 한창이다

* 먹놀이: 한 공간에서 주파수가 서로 다른 음의 파장을 일으켜 소리를
  길고 오래 가게 만드는 현상. 동양의 범종에만 있는 현상이라 한다.
** 하늘눈: 사람이 고개를 들어 하늘을 볼 때 한 번에 볼 수 있는 하늘의
  넓이, 또는 그 넓이의 이쪽 끝에서 저쪽 끝까지의 거리.

무릉 화원

환희 속 붉어질 컬러로 변신한 무릉도원을 보세요
여기 결의로만 기억되지 않도록 피어 있어 별보다 아름다
운 나비 떼 당신의 전생이라지 영원한 시간의 꿈을 이어 붙
인 것처럼 보이네요 아름드리 모서리까지 환하게 활짝 펼쳐
찰랑거리며 온종일 바람이 꽃잎 물고 하늘로 날아가는 숲
반은 울며 부풀고 반은 웃으며 풀어지고
거친 숨 헐떡이다가 향기 짙게 웃어요

이슬이 떨어지다가 다시 가지로 맺히는 것처럼
은밀한 복사꽃물 사이로 모든 슬픔이 풀려나지요
눈 뜬들 낮인지 밤인지 졸음을 살살 쓰다듬어요

산길 첩첩 산뜻하게 휘늘어진 화류 잘 돌아가는
한껏 평화롭게 아직 젊은 심장이 멈춰진 지 오래
중독된 당신의 시간이 물거울 사이로 빠져나가요

날아가는 침대처럼

정말로 시끄럽죠 날아가는 침대 밖은

구름 같은 머릿속 울렁거림이 잦아들고 현기증 나던 멀미도 멎었어요 지형을 굽어보다 한없이 깊어지는 하늘 시야가 확장됐지요 세상에 온 시야는 회전하면 변화하나요? 정말로 사람들은 시위에 휩싸였나 봐요 건너편 하늘과 통하는 열기구에 묶인 채 이동하는 침대 말이죠 사람들의 행진을 도울 촛불을 준비해야겠어요 시위는 세상을 들이 올리고 거리를 확장해서 피하기가 어렵지만, 이제 막 버스가 통과해 가네요 아늑한 꽃잠을 자고 단꿈을 꾸겠어요? 더 이상 외치지 않는 사람들은 위험해요 굉장히 시끄럽지만 시위가 무대를 확장시킬 때

우리가 동시적으로 보면서 보인다면,

침묵의 봄

강 너머 양의 울음이 무겁고도 고요하네

양들이 풀의 그림자 따라서 이동하네, 그들 곁엔 늘 주정 꾼 건달 늑대가 치근덕대네 윗마을 쌈닭이 두 눈에 쌍불 켜 고 달려왔다네 어, 닭이 내 구역에서 무엇 하러 오셨나? 나 는 생쥐 국왕에게 선사할 목도리와 가죽옷을 찾고 있네만 보송한 양털 옷 입은 이분이 누구시더라? 전 개인뎁쇼! 쌈 닭은 칼과 총 대신 붓과 종이로 무장해 있었다네 쥐꼬리보 다 굵고 짧은 비스듬한 '1' 숫자 하나 경고장을 흔들었네 닭 님이여 눈부신 것은 기록에나 있지요 배꼽 잡고 웃던 쌈닭 이 빛나는 임명장을 써 줬다네 늑대가 꼬깃꼬깃해지도록 종 잇장을 가지고 쥐락펴락하는 사이……

강물은 다 메마르고 뼈로만 누워 있네

유령 그물

그물코에 끼인 채 발버둥 치는 물고기
비명 소리 쫓아가 뛰어드는 물고기 떼
겹겹의 유령 그물이 비명으로 뒤엉킨다

게 덫과 자망에 걸려 붉게 우짖는 바닷새
손을 쓸 새도 없이 쓰레기와 썩어 가는
거대한 무덤이 되어 악취 속을 떠다닌다

날카롭게 날을 세운 독기들로 가득한
밑바닥 속속들이 파고드는 폐그물
바다의 아픈 유령이 긴 자락을 끌고 간다

비닐우산 머릴 처박고 ⅛만 떠 있다
뱃길에 건너오건 수상 식당에 딸려 오건 줄줄이 기름때
거품 물고 핥아 가며 비벼 대는 파도 자락에 쉴 새 없이 솟
구치다 갈앉는 뒤죽박죽 쓰레기들 찌그러진 코카콜라 페트
병같이 물개가 눈을 감고 목에 감긴 낚싯줄에 점령당한 귀
신고래 소용돌이 그림자
겹겹의 봉지 삼키며 물결에 흔들린다

목 잘린 죽음에도 날개가 달리는가

눈을 감았다 뜨는 사이 살 속 뼛속 골수까지 밤은 밤을
열고서

모두가 유령이 되는 오욕의 길 가고 있다

제2부

물구나무종

책을 여는 행간 사이 뼈의 활자 새겨 있다

별 바위 곁 춤을 추다 물 위에서 구부러지고 계절에 재깍
거리는 나뭇잎들 거느린다 공통되는 세계와 태어나는 전망
들 세상과 동떨어진 시간 활활 타오른 안으로 영원을 꿈꾸
며 갈피를 접는다 시대의 어둠 안을 통과해 읽어 내고 종이
가 한 허공을 밀며 가는 기호들

상형의 서늘한 그늘 핏빛 연륜*이 감기었다

* 연륜: 나무의 줄기나 가지 따위의 단면에 나타나는 둥근 테.

행복세탁소*

지금은 너무나 지극한 고독과의 교접 중

안녕을 묻지 않아도 좋을 참 기꺼운 고립이 있다면, 고독이 SNS를 먼저 알려 주었을 때 고독은 내게로 와서 다만 독이 되었다네 감염이나 유사 아닌 악플도 저주이니 마음에 맹독을 푸는 무고無辜한 무고巫蠱는 없다 고독사 위험군인 독거노인 너머에 해 뜨기 전 꽃이 지는 의문사 너머에 오늘의 부고를 업로드한 자연사 너머에 유령처럼 떠다니는 생들이 잠시 출렁이네 내력의 설계대로 외력의 계산대로 1인 가구 생활자는 공유된 고립의 훈련 체득한 지 오래, 1인분의 숨 1인분의 결로 얼룩 없는 클린한 고독사로 아, 눈감고 싶어라

진짜로 슬퍼서 하는 장례식자를 그리지

커피 한잔 독 없는 파란의 정량 마시며
거품뿐인 시들을 엎치락뒤치락 헹구는
표백된 경건한 얼룩 왔던 길을 되돌아보고

뭉친 구절 휘저으며 엉킨 음절 뒤집어서
젖은 기억의 안팎이 마르고 휘발되는 길

빨래에 이르는 검증, 고독이 밤을 풀어내

* 행복세탁소: 무인 세탁소 겸 카페.

Butter Book

몇 그램의 문장들이 졸여지는 저녁이야

구름 띠 틈 비집고 추억만 겹겹이 고여 여러 겹 입체 무늬 매끈하게 올려 있지 시니피앙 진화로 시니피에 미묘한 뒤섞임으로 익살 위에 눕는 조사들 분노가 죽음보다 감미롭게 부사는 서럽게 향기 나는 바람 책을 한 권씩 독파하며 다함께 모여서 먹을 버터케이크를 미리 맛보고 있어

나는 이 허리띠 구멍을 하나 더 뚫어야 해

빗물 상담소

바다의 축음기를 하늘 허공에 걸어 둔다

층층 쌓인 슬픈 서사 후경에 뒤엉켜 있어 문장이 숨 쉬지 않는 비의 소리를 듣는다 희고 검은 빛의 지휘자는 물무늬로 울리며 구름 위 지나가는 소리마저 온몸 쪼개 흔들고 숨 가쁜 스타카토로 구름 벽을 세운다 저음의 낮은 음계에 굴 껍데기 쌓인 무덤들

수만 겹 파도에 옮겨 가는 불협화음이 차오른다

그해 도주하다 죽은 봄의 의문 몇 줄

행간에 숨겨진 수壽 자 돌들에 새겨진 함구의 검은 필름이 채워진 기억 너머 복종에 무릎 꿇던 작은 체구의 그림자들 선감도* 재를 묻었던 머리카락 타는 냄새가 다가오고 은 잎사귀가 얼비친다 겨울비 횡단하는 뇌전증 갈피마다 물고기처럼 파닥이는 오금 저리고

명치끝 회답이 없는 도돌이표로 출렁인다

---

* 선감도: 경기도 안산시 단원구 선감동에 있는 섬. 선감학원은 일제강 점기 말기부터 1982년까지 약 40년 동안 이 섬에 존재했던 수용소이다. 사건 이후에는 경기문화재단 창작 센터로 바뀌었다

하늘섬* 요양원

발 시린 철새들이 검은 숲에 앉아 있다

　불안전한 톱니바퀴같이 돌아다니는 몸뚱어리들 헛눈물 젖어만 오는 호수를 끌어 덮는다 행간을 흔들어 대는 수액 빠진 링거에 바늘이 꽂히는 어디쯤 아무도 눈치를 채지 못하게 없는 속도로 잠행하는 숨찬 걸음 무심히 날아오르다 수직으로 흩어진다 경계의 바깥 너머 불안한 낮과 다단조 낮은 비행운을 띄웠다 날갯짓 오욕의 긴 울음만을 울리는 하늘가

　어스름 검은 그림자 저물녘 향해 더 길어진다

* 하늘섬: 수원 서호천에 있는 가마우지들의 서식지로 새똥에 의한 백화
　현상으로 죽어 가는 인공섬.

25시 편의점

완력에 밀려 힘차게 QR코드로 지나가지

　고밀도 비닐 포장에 한번 갈린 길들은 어둠 겹겹 끌어올린 기름기임을 알아채시라 영원 속 또 다른 영원처럼 통과한 냉동식품들 이제 막 유통기한은 데이터 전송으로 맹렬하게 읽히고 있어 포인트가 쌓여 가 초시간의 다발이지 한 움큼 바코드 면발을 포크로 잘 말아 줘 투명한 플라스틱 용기에 담겨도 좋아

그대의 턱없이 큰 입에 살살 녹아 흐른다면

정상 해海담

정상의 잔칫상에 만국기가 휘날리네

햅쌀 대신 낯선 곡식에 가슴만 미어지고 무역선 가득히 실려 거친 바다 건너온 뒤 통째로 배달되네 황금빛 지느러미 대신 국내산 둔갑하지 죽어도 살아 있다나 러시아산 지느러미 바짝 말라 건어물인가 비늘도 안 붙어 있네 반듯한 정렬 명태가 자취를 감췄다고 동태는 러시아산이라 물 좋은 통치가 중국산 점성어인가 황도미인가 그도 아닌 여름철 보양 음식인가 민어로 둔갑했구나 숲속의 햄이라 불린다며 미국산 아보카도 좀 보라 칠레산 체리와 필리핀산 망고가 매대에서 떴다지 중국산 나물 도라지와 고사리 고소하지 않은 수단산 참기름까지 초가삼간 전 3종 세트 태국산 홍고추 올려 가며 노릇노릇 계란옷 입혀 가며 김밥 속 햄이 산적 꼬치로 리뉴얼해 온누리 사용하네 동태 넘보는 연어와 문어는 모리타니아산 갈치까지

트로이 돼지고기처럼 필연적 팽창이 시작되었네

삼각의 뿔을 세우고 오염수가 달려오나니

거대 괴석 불쑥 솟아 검은 물이 들어차지 바다 수면은 산 너머 가고 부서진 울음처럼 여린 가지에 무른 복숭아들 매달리다 흩어지겠지 날개를 쫙 펴고서 날아다니는 박쥐들 울음소리 귀청을 찢을 듯이 날카롭게 울리겠지 동굴 속 그림

자 되어 무지를 흥겹게 누비나니
  말로 다 할 수 없는 복록 바다같이 먹고 누리라

면접 복음

숱한 면접이 끝나자 나는 다시 태어났네

끝없는 미각 테스트인가 음식 만드는 관능 면접 못 본 것
제 탓이요, 지금껏 내 길을 꽁꽁 묶는 등산 면접 못 본 것 제
탓이요, 밥이 코로 들어가는지 귓구멍으로 들어가는지 식
욕 보는 도시락 면접 못 본 것 제 탓이요, 직접거래 물건 팔
아 완판 등극한 세일즈 면접 못 본 것 제 탓이요, 아는 게 없
어 아흐 동동다리 오감을 뛰어넘은 압박 질문에 목마름뿐인
것도 제 탓이요 실컷 마시되 취하지는 말라 술자리 면접 잘
본 게 제일 큰 탓이옵니다……

거룩한 주의 은혜 끝에 일평생 출근하네

칸칸이 시샘달*

서류의 더께만큼 긴 하루 숨소리들
도표에 갇혀 서성이는 연장 기간 암호의 무한소수로 추출
한 패턴 사이 백색소음만 도포하는 중이다 우는 발로 허공에
잠겨 목숨이 자유로운 난간에 비닐을 움켜진 채 시린 몸을 눕
는 마음이 젖어 불안에 걸려 좌우로 휘청거리는 하늘에 뜬 집
벼랑 끝 위태롭게도 칼바람이 부는 굴뚝

맹렬한 눈송이 이는 출구가 없는 파동
마디 잘린 손가락 사이 바르르 떨며 쓴
자꾸만 미끄러지는 볼펜 쥐고 받아 적어

일용직 근로자가 오래 붙잡고 있었던
빈칸 안의 숫자들 채워도 비워져 버릴 지원 제외 코드 너머
시샘달 깜박이면서 시리도록 웃고 있는

• 시샘달: 2월 잎샘추위와 꽃샘추위가 있는 겨울의 끝 달.

주사위 여자

다면체 대칭 사이로 여자가 굴려 간다

밤은 얼굴이 있다 없다가 결정을 미룬 듯이 예측이 어려
운 길 세상의 가장 크고 막다른 미로같이 네모난 주사위에
그대로 갇혀 있을까 그 위로 숫자의 눈에 벌러덩 드러누워
있다면 좋으련만, 절벽의 난간처럼 주사위에 두 손이 힘겹
게 매달려 있다면, 벗어날 수 없겠지 의자는 자궁이 없지만
날마다 태어난 숫사를 떠받들 뿐 어떤 면이는 한 봄으로 빛
나게 조직하다 높은 저녁 위에 이 낮은 숫자 아래

조명이 휘청하면서 중심을 새로 잡는다

스팸 시대

집요한 공짜 성인물이 치즈처럼 웃고 있네

무료 머니 당첨도 출금해 주는 이벤트 하루 벌고 한 달 노세요 야한 동영상 보러 와요 날마다 잠자리도 점령하는 음란 문자에 오로라 같은 전술에 살짝 터치한 죄 이달도 속수무책으로 소액 결제 빠져나갔네 전쟁 후 미군 부대가 살포했던 스팸이 부대찌개와 햄버거, 오키나와 소바에 들어가고 명절엔 한우와 굴비 대신 선물 세트*로 대접받네 음식보다 최대 수출품은 고객의 개인 정보라지 이메일과 사기 전화 무작위로 폭격하는

오, 이런 분단을 먹고 자란 불멸의 스팸이여

* BBC는 "왜 스팸은 한국에서 고급스러운 음식일까??"라는 기사에서 "스팸은 한국인들의 삶에 중요한 부분이 됐으며, 미국에 이어 2번째로 스팸을 많이 소비하는 나라이다"라고 보도했다.

물리적 그물코

그녀는 공기의 방식으로 어디든지 갈 수 있지

문을 열고 들어서자 입구부터 쏟아질듯 팽팽히 콧등 위
에 춤추는 눈동자들 방울방울 맑게 정제한 투명한 유리병에
리본 끈 머리 풀고 한껏 숨을 들이마시면 무겁도록 가벼워
져 그 세계로 귀환하지 5월의 봄볕을 입은 향이 공중에 꽉
차 있지 메케함과 국화 향이 일어 달콤하고 씁쓸한 기분이
야 비바람 천둥 번개가 구르고 굴러 내리쳐도 이대로 지지
않아요 애달피 한 움큼씩 호흡을 하며 처절히도 흘러가……

한사코, 내 가슴 겹겹 놓아주지 않았어

바다 거미 출력소

영화 촬영 세트장 소품 같은 골목길

소금기 몸을 터는 해풍의 입간판과 규화목 같은 집들 낮은 담장 어깨 늘어뜨리고 바다는 아직 살아 있다고 바람 당도한 거미줄에 눈시울 붉히며 바다 거미 한 마리 지나갔어 도르르 말린 필름처럼 추억을 현상하던 길들이 제본된 활판의 빛에 열려 여백 위 소라 껍데기 귓가로 대듯 길들 다 젖은 채 파도 소리가 채운 하늘을 만들고 있었어 이는 파동 가늠하며 뼈대를 받치고서 떠내려간 바다는 다 걷혀도 기억은 수평선 되어 오래 먼 숲으로 되돌아오는 것일까 물의 흔적이 지나간 뒤에도 바다 냄새가 나는 천체의 행간 밟으며 문법을 고르고 있어

거미줄 이슬이 맺힌 인쇄거리*가 반짝였어

별을 물고 와도 좋을 극세사 새긴 문장들
푸른 시계의 나뭇잎들 번역하고 전사하던
출력소 뜨거운 심장을 놓지 않고 있었어

* 인쇄거리: 100년이 넘은 수원시 교동 인쇄업 골목.

장안長安 경로당

누가 고도리를 꼭꼭 감춰 두고 있을까

조심스레 패를 뜨고 종달새 먹으려 움켜쥔 손, 우산 든 사나이에 난데없이 꿩이 날고, 에라이, 똥이나 먹자, 어머나, 자뻑을 다 하시네, 쌍피에 흘깃대는 눈들, 바닥에 깔린 휘파람새 아무도 먹지 않아 입맛 다시며 안절부절못하다가 그만 봉황도 놓치고 어안이 벙벙, 솔광을 뚝심 있게 내려놓자 두루미가 날아가니 환장하겠네, 공산은 어디 갔는지 철새가 훨훨 날아가고, 헐, 홑껍데기만 남았구나

오늘도 끗발 세우려다 어느덧 해는 지고……

제3부

인포데믹*

　팜유에 뒤덮인 채 들뜨는 표면장력이다

　겨우 피고 돋을 동안 수분은 봉인되어 반입된 비말을 막고 바코드만 따라 걷는 외피와 내피 사이 위장당한 해방이다 적정선 쌓였다가 넘치는 분량으로

　고립된 성찬을 즐긴 플라스틱 빈 용기들

* 인포데믹: 정보Infomation와 질병Epidemic의 합성어.

눈먼 자들의 도시

고뇌에 찬 춤곡이 절절이 울려 퍼진다

이태원가 가면을 쓴 틈에 끼여 몸을 섞고 어둠에 얽혀 들어가 민얼굴을 더듬어 본다 흔들리고 비틀대다 사납게 짖어 대며 인파가 밀려오다 갇힌 채로 구겨지고 찢고 헤매고 사람 떼 속에 숨 가쁜 죽는 소리 죽이는 소리 죽어 가는 소리로 죽음의 검은 종종걸음 무거운 공기가 되어 떠돌다가 사라지고 떠나는데 일터에 어정거리는 검은 개들 한 방향으로 전락된 시간의 흰 두개골이 줄을 잇는 길은 죽고……

눈먼 길 무너진 하늘 비의 거리로 출렁인다

헬조선 바로 가기

　머뭇대는 동안에 무럭무럭 늙은 봄
　바닥 깨져 흔들리는 휠체어 덜컹거리며 무한히 늘려 가
는 생의 다리가 나아가고 있다 리프트 낙상 사고 증거 잃은
무뇌아처럼 호흡보조기 빠져 버린 의식불명은 편집증처럼
방지턱 점자 해독하는 거리에서 단차段差 넘나드는 호출을
한다 몸에 얽힌 쇠사슬 떠메고 징징 울릴 때마다 바닥을 드
나들던 먼지바람만 휘돌았던, 쉼표 하나 없는 벽으로 무심
히 들어선다 구간 즐비한 행렬 앞에 흐를 뿐 구별되지 않을
때 어려운 게 격리이다 레버 당겨 스크린 도어에 여닫히며
눈 속으로 기어든 오체투지 행진에도 견고한 벽들은 멍하니
두 눈만 껌벅거린다
　누군가 붉고 하얘진 역사를 보았을 수도

　어제가 입구 열고 오늘을 닫던 출구
　1호선과 5호선 사이 자막같이 흐르는 말들 도마 위 목덜
미가 길고 붉게 잘리는 비린 말들 끝도 없이 욕설을 그 앞에
늘어놓을 때 서로의 전염병처럼 흘러나와 떠오른다 밀려왔
다 밀려가도 온몸으로 지하철 선로 선다 내선과 외선 사이
손바닥으로 무리 지어 나아간다 차가운 한숨 소리에 잠든
척 누운 침묵으로……
　상행선 상처를 안고 하행선들 끌고 간다

바람의 말

압핀에 눌린 날개 파닥이는 세상 좁혀

늪이 된 취업문에 빈칸 채워 스펙 쌓고 통과선 빠져든 기로, 편자 달고 빨려 든 앞뒤 잘려 바뀐 채로 왁자지껄 떠들며 도마 위에 올려놓아 요리하는 레시피들 밤새 내 길인 줄 알고 숲길 열어 빙빙 돈다 비긋듯 풀리고 만 가면의 고백 너머 지라시를 편집하여 예리하게 도려낸 말

험준한 암벽을 안고 퍼즐 거울 꿰맞춘다

수원역 물류 센터

고정된 사슬처럼 쇠 격자 둘린 전진만 있다

나란히 서서 상품 포장 테이프 커팅하며 디지털시계 연결된 속도를 삼킨다 고정된 컨베이어 벨트와 엔진 소리 박스들 분류하다가 깜빡깜빡 어두워지는 눈앞 거멓게 조여 오는 심장을 쥐며 쉬지 않고 움직이는 굽은 등에 마비가 온다

피로한 사이렌 소리가 나방처럼 날아다닌다

휴지통

화면 속 손끝의 눈으로 점자처럼 훑고 가지

몇 해 동안 반짝이다 흐릿해지는 것들 명치의 두께만큼
쓰라린 파일을 열면 그 봄날은 환하게 웃다 우는 깊은 어둠
이 되어 많은 어제가 자라나던 체온의 상처를 벌리다 사진
이 빠져나와 어느새 뭉근해진 내 심장을 이상하다 누르려다
일순간 저장의 단축키에 산산이 쏟아졌어

별의별 캄캄해졌지

~~Shift~~ + ~~Delete~~

행궁동 장미스파

성벽 안 코럴 핑크빛 층층이 포갠 장미들

더듬더듬 중앙로 꽃물에 푹, 젖는 연인들 눈길이 닿아 더 환한 골목 펼쳐 놓은 벽화 담벼락 가린 채 눈부시다 나비가 망설이다 하늘과 헤어지며 더 높게 놓아주어 수수께끼 뿜어 내는 향기 위에 열리고 무성히 피어오르려다 잘린 꽃봉오리 시간의 마디마디마다 둥글게 핀 입술들

사랑채 꽃대를 품고 뜰 가득 열반하네

해석의 재구성

휩쓸리다 무너지며 거짓말들 방목했지

힘이 세면 셀수록 염소는 신이 나네 한쪽은 가면을 쓰고
입 꽉 다문 말의 기로 줄줄이 끼리끼리 재탕하는 선거 공략
서바이벌 오징어 게임 언론은 조작되고

배부른 진실의 밭은 헤집지도 않는다네

공중 정원 2

꽃가지 불을 토하며 환희 붉게 출렁이면

빗물에 젖을지 몰라 가슴 깊이 넣어 둔 정조가 쓴 편지를
꺼내 보는데 땀에 절어 눈물에 젖어 번진 주소에 받을 이도
몰라 다시 올라가 되돌려주려는데 자꾸 높아만 지는 성벽,
진달래 하늘 찌를 듯 불길이 높아만 가고……

팔달산* 빗속에서도 잘만 타오르는 성벽

---

* 팔달산: 경기도 수원시 중심에 있는 산으로 정조대왕 동상, 3·1운동
  기념비, 효원의 종 등이 설치되어 있다.

창룡문에서

열기구 타고 출렁출렁 건너가는 봄날

이제 막 귀에 이어폰 끼고 둥드렷 솟아올랐어 팔달산 정상 서장대의 공중 정원을 찾아보네 불과 불이 이어진 봉화대 지나 D- 같은 속도 따라 현을 켜면 향기로운 소나무들 촘촘한 숲길 사이로 화성행궁 꽃 멀미 척척 휘감겨 흔들흔들 춤추네 악사들이 줄지어 광장 무대에 올라 연주를 해 부르릉 화성어차가 창룡문 곁바람 길게 꼬리를 물고 동북공심돈 지나 남문까지 신나게 달려가 동북포루 동암문 연무대까지 못갖춘마디의 멜로디에 벚꽃이 흐드러진 연무동 천변을 총총 드는 외가리 날갯짓 따라 활을 쏘는 연무대 버드나무 그림자 속에 화살은 꽃과 같아 흥겹게 방화수류정에 미끄러지듯 명지바람이 불어와 생황 부는 손목에 힘줄이 늘어나고 빛나는 용연에 물고기가 정겹게 꼬리 흔들며 뛰어올라 동장대 웅대한 경치 속을 호젓하게 까치들이 거닐고 지동시장 미나리광시장 못골시장 팔달문시장 천변 사이로 물오리들 여유롭게 음표를 뱉어 내 서암문 지나 효원의 종소리가 쉼표의 정적을 반주 삼아 울려 미로한정 정조의 심장 고동 소리가 들려 콧속을 찡하게 해 카페 거리 반짝반짝 반복되는 점음표의 리듬으로 모아진 간판들 따라 행리단길 점집 타운들 루프 탑 오색찬란한 전구 불빛이 부화하네 발끝을 들어

올릴 때마다 행복의 숫자들이 날아가지 오래된 미래 향해
봄을 새로 불러오러 화성의 고리가 되어 허공을 비행하지만

연줄에 열리지 않는 빈 하늘만 감았네

아기 디자인 공장

아기가 필요한가요, 예약 주문 받습니다

최고만 고집하는 인도산에 미국산까지 자궁을 빌려 드립니다, 대리출산 항시 대기 장기 매매 아기 매매가 결단코 아닙니다, 우월한 DNA 가치가 큰 신인류 후손 보장, 오우케이

아직도 망설여지나요, 결제만 하면 됩니다

• 중국 부자들의 미국 대리모를 통한 자녀 얻기인 미국 러시와 달리 미국인 부모들은 싼 가격을 찾아 인도를 건너가 인도 대리모를 찾고 있다.

블랙리스트

속속 모인 양 떼 속에 탈을 쓴 늑대가 보인다

백지 위 가득 메운 소용돌이 수집들 한껏 부푼 체중계가
휘청, 하는데도 체중이 부하된 언어의 하얀 음모 목덜미에
트윌리 매고 입을 꾹 다문 채로

온몸에 장식한 패치 달고 목장으로 뛰어가고

영화 경로당

어쩔거나, 짜고 치는 고스톱엔 선 잡는 데 선수라지

메달처럼 뜬 팔광의 보름달이 나오니 얄리얄리 얄라성 얄
라리 얄라 빛나는구나 삼광 거북아 거북아 쌍피를 내놓아라
내놓지 않으면 구워서 먹으리 간 보다가 싹쓸이했네 까마귀
노는 곳에 솔개야 가지 마라 날이 선 말채찍 후려치듯 솔광
내놓으며 놀라셨죠 겉 희고 속 검을손 나뿐인가 하노라 자,
폭탄 갑니다 청산리 벽계수야 홍단피 자랑 마라 아무 패나
가져가니 매화는 어느 곳에 피어 있는가 벙그는 목단 시퍼
런 띠로 억! 청단이로다 원 고! 가던 새 가던 새 본다 투 고!
뒷순이 잘 붙어야 살아날 것도 난다 쓰리 고! 오호라, 바가
지로 구나! 님이야 부귀영화를 누리며 만수무강하옵소서

목숨의 꽃 피고 지는 소리들 돌고 있지

봄날

무리 속 투쟁하듯 침 흘리며 돌진한다

송곳니 박고 날카로운 눈동자를 굴리며 독기로 사고다발지역 맹목적으로 달려간다 창검 같던 혀와 발톱 함묵으로 턱을 괴고 상처가 난 사타구니 피딱지만 핥고 뜯다 개집에 몸을 웅크려 제 살집에 눌림돌이다 침묵으로 밥그릇에 빗물이 괸다

늦은 봄, 개의 목줄은 아직도 팽팽하다

제4부

평화 인쇄사

나는 (　　)를 이곳에

묻고 있습니다

정말 답도 없는

페이지입니다

활자가

눈을 가린 채

무의미로

서 있는

슬픈 열대

영롱한 나무숲이 모조리 펼쳐진다

열대우림 기념품점 목각 인형 무리에서 '웰 컴 투 파라다
이스' 광고가 웃고 있다 황금빛 날개를 가진 큰부리새 음각
들 비행기 좌석마다 놓여 있는 잡지 속에 초록을 끈 날개로
오려 붙인 기사들 골프장에서 나눠 준 티셔츠 쇼핑백에도
큰부리새 불러내어 그 위를 날고 찬란한 마스코트가 되어
앙증맞게 지저귄다 더 이상 큰부리새는 어디에도 없다 리조
트 광고물에만 살아남아 유혹할 뿐

숲을 다 헤집어 삼킬 듯 큰손들만 들어서 있다

DMZ

움직이는 숲처럼 그물망에 빠져나온 그늘

리비교 H빔에서 떨어지는 빛의 속도로 탄환을 장전 안
한 채 밤 속으로 가라앉고 있다 철망길 우물에 살던 달이 후
진하는 불의 우물 속 맥동 없이 수액으로 쇄골과 오금, 그
다음은 어금니와 발가락 사이사이까지 줄기 뻗어 운반하는
무모한 철책에 막혀 가긴 가며 넘지 않는다 물결에 폐수 휘
저어 큰 강을 건너고 있는 미세 플라스틱 덮고 썩어 저녁
이 횡단하는

최고의 온도로 달군 정지를 견디고 있다

블록 15

찾기 쉬운 줄무늬 연주가의 푸른 등은 차가웠지

저음으로 따라오는 낮은 음계에 깨어나고 뒤는 더 뒤로
차올라 잦은 멀미 보이지 머리카락 밀어내고 수인 번호 가
진 팔목이 참혹하게 아름다운 길을 빛내는 소리로 음악가
구역* 블록에서 보면대 악보를 펼쳐 더 느리게 연주하지 영
원을 불태워 줘요 잿빛의 환한 울음들 기도가 들려오지 낙
원으로 가는 길은 지옥에서나 시작이 되겠지요 먼지가 일며
몰려와 엷어지는 구름 그림자

별들은 언제 떨어질지 모를 숨만 고르고 있었지

* 아우슈비츠 강제 수용소.

공유 냉장고

햅쌀보다 부신 불빛에 몸 기대고 익어 가

폐기되지 않으려 냉매가 흐르는 거야 바깥 안 버둥거리
며 살아 있다는 노숙 매 끼니로 꺼낸 안부 적을수록 적요하
고 비워 내 채워지는 진열대에 둘러서지 거리에 떠도는 양
심 부둥켜안고 서 있어 이겨 내려 오래 견디며 악을 쓰고 살
다가 삭고 썩고 상하고 문드러져 축 늘어진 허기에 위로가
되듯 양심에 문을 열지 속절없이 정곡 찌를 인연을 기다리
며 요원한 정화 속에 나는 있어 내가 없는

사라진 내 시상들도 공손히 몸을 눕히네

결로結露의 시간

긴 목 하고 서성이는 그림자가 묶여 있다

금이 간 벽 틈 사이 소린 없고 바람만 남아 눅눅한 습기로
젖은 얼룩만을 재운다 곰팡이 문득 번진 긴 여름을 끌고 와
서 악취들 진동하는 긴 겨울을 지낸 자리

겹겹의 녹이 슨 시간 지워지지 않았다

비, 가문비 미싱

비 내리는 가문비 숲길 홀로 바라본다
푸른 손 젖어드는 모닥불 타는 소리, 먹구름 번지듯 가지
끝에 피어나고 올올이 재봉하듯 눈 뜨는 지난 추억 마감일
재촉하는 봉제 공장 울타리 너머
낯익은 미싱 소리가 바늘귀에 꽂힌다

실뱀처럼 긴 잡념은 노루발로 밀어내고
굽이돌다 박힐 자리 접힌 길도 주름 펴며 흰 칼라 심지 붙
이면 겹쳐 보이는 두 얼굴, 시접 좁은 골목에 그늘이 깊어
질수록 햇빛 한 자락씩 이어 덧대는
어머니 미싱에서는 도롱뇽 울음소리가 났다

귀퉁이 다 닳도록 흰 초크로 밑줄 긋고
환풍기 내내 돌리며 안경알 닦아 내도
내 창은 실밥이 뭉쳐 언제나 흐려 보였다

북에 엉켜 툭툭 끊긴 상처들 매만지며
실톳에 밑실 감고 돌돌 풀며 엮는 시간 내 안의 조여진 땀
수 다시금 풀어 본다, 손때 짙은 가문비 미싱 자리에 기대
앉아 콘센트 깊이 꽂고 꿰매는 생의 밑단
세상 끝 한 귀 잡고서 바깥 향해 손 뻗는다

평화의 소녀상

창문에 가늘게 떠는 커튼 자락을 열고
따스한 입김으로 흠뻑 전신을 감싼 듯한
그 안의 방 한가운데 의자가 놓여 있지요

얼굴 없는 여자의 방 그 정면을 걸으면
많은 눈이 전사된 램프가 천천히 돌아 무겁고 불룩하고
의미심장한 깊고 조심스러운 수면 상태에 빠져들지요 어두
운 달의 뒷면처럼 표정을 자른 비명들 자세히 들여다보면
긴 다리의 해변 같은
멀리선 네모난 액자 속 웃는 듯 울고 있어요

침묵 속 징후 같은 눈꺼풀 깜빡이지요
입길을 연료로 한 난로에 불이 꺼지면
세계가 산산조각 난 화면처럼 일그러져요

나는 벌거벗음으로 옷을 입었어요
죽은 여자들 바람의 머리칼로 요와 함께 부풀어 오르고
가라앉기를 반복하며 숨소리가 납니다 손가락을 자르고 팔
과 다리, 뇌를 가르고 부서져 파편만 남은, 여자들의 핏줄
로 짜고 가죽으로 만든 소파에서 먹고 마시고 춤을 추고 몸
을 맡기고 키스하며 그 위에서 아이를 만들고 기뻐하며 빛

나고 사라지는 태워지고 없어진 자리 잿더미에 핀 꽃처럼
　영원과 하루 속에서 서성이고 있어요

　밤의 집무 열중하면 피가 끓는 냄새가 나요
　비어 있는 공동 같은, 본 적이 없는 비문 같은
　먼 곳에 거둔 이름만 길게 젖어 호명하지요

* 수원 평화의 소녀상은 2014년 5월 3일 올림픽공원에 건립됐다.

히말라야 서간체

하늘가로 가부좌 틀고 저자세로 읽고 있네

추운 바람의 산란으로 푸른 실핏줄 불거진 묵직한 팔은 베풀듯이 크시니 땀 냄새 밴 근육들의 긴장이 하늘을 찢는 꽝꽝 쟁여져 방대한 구름 더미를 뒤덮고 어깨에 봉인되어 보관된 쓰레기들이 떼 지어 이에 저에 서로 나뒹굴며 숨 쉬고 눈보라가 따귀를 때리듯 연신 몰아쳐도 그는 단지 스릇 눈 감은 깊은 불심으로 손바닥 숨어 있는 구슬 가늠해 보며 대대로 이어지는 정상의 자비인가 다시, 허리를 꼿꼿이 펴고 있다 밤의 장막 열고 빈틈없는 생을 바치는······

기억나 낮은 곳으로 주문 오길 기다리리니

물고기 무덤

세계 7대 불가사의* 산천어 축제를 아시는지

바늘 삼킨 산천어가 비늘을 번득이자 애어른 할 것 없이
낚싯줄에 매달리네, 양식장에 산란한 일본산 잡종어 싣고
방류차가 달려와 얼음 구멍에 쏟아붓자 물 반, 산천어 반,
기가 막힌 손맛에 입맛까지 돈다나, 150만 명 몰려드는 거
대한 소음들로 회 쳐 먹고 쪄 먹는 잔치는 끝이 나고

얼음장 바다 곳곳엔 죽음들만 들끓네

* CNN이 화천 산천어 축제를 세계 7대 불가사의로 선정하면서 해외에
  서도 발길이 이어져 100만 명을 돌파하였다. 산천어는 36만여 마리를
  집어넣고 가뒀다

피싱 주의보

거룩한 가난 앞에 보이스피싱 도착했다

소파 위 고정이 된 TV 채널의 초점 너머 예고도 없이 계
좌는 파리통에 든 파리와 같은 신세 말꼬리 빙빙 돌며 타이
핑에 노련한 안과 밖의 통로에서 수사기관 사칭하며 악성
앱 깔자마자 현금이 전자동으로 순식간에 빠져나가고……

수화기 비대면으로 남은 음성만이 팽창하지

.

과수원 우체국

지문이 다 닳도록 지금은 배달이 한창

주문 상품 쌓인 택배 분리하고 운반하는 이분법 허리가
키운 당도 오른 빛들 보네 하늘을 흔든 나무 무한량의 햇살
쓸며 품 안에 부풀었다 아삭, 익은 편애 뒤로 종이를 한 장
씩 덮고 새로 태어나 가는 길, 즙을 푼 듯 노을빛 우체국에
울컥대며 접수한 짧은 안부로 추스른 가슴 한쪽 늦도록 기
억의 잠복기 한참을 서성이지 이전이란 것은 얼마나 오래전
인가요 먼먼 곳에 전송할 향기 이는 못 부친 편지처럼……

잔가지 배꼽 닿던 자리에 하얀 웃음이 저려 오네

화령전 아멜리에

후루룩 파스타 같은 소나기가 차게 내린 오후

뜰 앞에 작약이 지며 접시가 깨지는 소리가 나는 수박 향
빨간 바퀴에 은빛 날개 달고

빛나는 바람을 휘감아 햇살들 집어 올린다

올록볼록 시시각각 변하는 세계 직조하기

임지연(문학평론가)

1. 세계를 다시 직조하기, 언어

서정화의 시집 『3D 렌티큘러』는 언어를 통해 세계를 재배열하여 새롭게 직조하고자 한다. 시인 서정화의 시적 욕망은 크다. 서정화는 언어를 신뢰한다. 언어의 의미와 무의미(소리)는 서로 자의적이고 어긋나는 관계에 있을지라도 시인은 언어를 통해 세계를 새롭게 직조할 수 있다고 믿는다. 언어에 대한 그의 믿음이 정형시라는 미적 틀 안에서 올록볼록하고 시시각각 변하는 세계를 직조하게 한다. 「시인의 말」에서 그는 이렇게 고백한다.

나는 언어를 길들이기 위해 시를 썼는지도 모른다. …(중략)… 그러나 나의 시는 서툰 말만큼 아직도 미숙한 것임을 깨달았다. 끝없이 펼쳐진 언어의 광야, 그 속에서 말과 시를 구분할 때까지 한 그루 나무가 되고 싶었다. 언어의 뿌리를 내려 그 자리를 굳건히 지키는 말의 나무.

—「시인의 말」 부분

모든 쓰는 자는 어쩌면 언어를 길들이기 위한 모험에 첫발을 내딛는 자일지도 모른다. 그러나 그 길에 들어선 자는 곧 깨닫는다. 언어를 길들이거나 길이 든 언어를 찾는다는 것이 불가능하다는 것을 말이다. 시인 서정화는 언어 길들이기의 실패를 인정한다. 이 빛나는 실패는 시인이 언어를 찾는 자가 아니라, 스스로 언어가 되기를 꿈꾸게 한다. 그는 끝없이 펼쳐진 언어의 광야에서 한 그루 나무가 되기를 원한다. 그 나무는 말의 나무이다. 말의 나무가 된다는 것은 무슨 뜻일까? 말과 시인 자신을 분리하지 않겠다는 뜻일 것이다. 언어를 길들이는 자는 언어의 영웅일 수는 있겠지만, 영웅은 적어도 언어를 제압하거나 그로부터 분리된 자이다. 그러나 시인 서정화는 말의 영웅이 아니라, 스스로 말의 나무가 되고자 한다. 말의 나무는 광대한 광야에서 언어를 찾고 길들이는 영웅이 되지는 못할 것이다. 시인은 스스로 언어와 한 몸이 되어 그 말들을 지키고자 한다. 그런 한에서 시인은 언어를 신뢰한다. 언어는 시인 스스로 내린 뿌리이고 잎이고 껍질이고 물관일 것이기 때문이다.

말의 나무가 되려는 시인 서정화는 세계를 다른 텍스처로 직조하는 능력이 있다. 재직조된 텍스처는 물성을 가진

독특한 미학적 감각을 불러일으킨다. 시인은 왜 세계를 다른 텍스처로 직조하려는 걸까? 그것은 그가 보는 세계가 일상의 세계와 다른 세계이기 때문이다. 시인은 보이는 세계를 재현하지 않는다. 보이는 그대로를 묘사하는 것은 진실하지 않다. 시인은 세계에 숨겨진 다른 의미를 읽어 내기 위해 세계를 재배열한다. 시인에게 세계는 비재현의 대상이 된다. 숨겨진 의미를 드러내기 위해 시인은 세계를 다른 물성의 세계로 직조한다. 서정화의 빼어난 언어 감각과 직조 능력, 진실을 길어 올리려는 끈질긴 시적 의지가 돋보인다.

그는 세계를 다른 물질로 재배열함으로써 보이는 세계를 다르게 만든다. 그가 보는 세계는 매끈하거나 모노톤이거나 단일하지 않다. 보이는 세계는 보이지 않는 의미를 겹겹이 은폐한다.

유리 벽에 안과 밖이 부풀어 올랐어요

눈부신 디테일의 볼륨은 투명해져요 세 개의 면이 돌출되는 입체감과 공간 사이 무한의 차원이 되어 새로운 길이 나더군요 보이는 세계와 불투명한 세계를 오가는 사이 루프탑이 솟아나고 시간은 파란색에서 초록색으로 편의점 간판처럼 변해 가도 노랗게 내 마음의 풍경은 은행나무가 되어 기다렸어요 투명 인간이 불투명한 인간들을 말하네요 …(중략)… 사라진 그 아이들이 굳어 가는 걸 보았어요 청

록색 밤의 감정이 착시를 일으켜요 거대한 벽의 사막처럼

추인되지 않는 일들 바다를 증명하려던 불투명한 그 세계

가 위험에 노출되지 않게 회멸이 되지 않도록

—「3D 렌티큘러」부분

렌티큘러lenticular는 어떤 이미지를 무수히 등분하여 원
통형 볼록렌즈(렌티큘)를 붙임으로써 보는 각도에 따라 이미
지가 다르게 보이게 하는 시각적 장치이다. 시인은 언어를
통해 세계를 렌티큘러로 재조직한다. 즉 보이는 세계와 보
이지 않는 세계를 n등분하여 렌티큘러로 만들어, 보이는 세
계에 깊이감과 입체감을 부여한다. 세계를 재직조하는 그
의 기술은 참으로 개성적이다. 시적 화자는 유리 벽 안과 밖
이 부풀어 오르고 입체감이 생길 때, 무한의 차원이 새로 드
러난다고 고백한다. 보이는 세계와 보이지 않는 세계가 동
시에 보이는 렌티큘화된 세계를 드러내려는 언어 장치를 세
심하게 사용하고 있다.

어린 시절 렌티큘러로 프린팅된 카드를 가지고 놀아 본
사람은 알 것이다. 표면은 올록볼록하고 각도에 따라 나비
의 날개가 오르락내리락하는 카드를 가지고 놀 때 카드가
우리를 이상한 세계로 초청하고 있는 듯한 이상한 기분을
말이다. "보이는 세계와 불투명한 세계를 오"갈 때 "시간
은 파란색에서 초록색으로" 변한다. 얼마나 이상하고 아름
다운 세계인가. 그러나 그 이상한 세계를 직조한 이유는 낮
선 아름다움 때문이 아니다. 2014년 침몰한 세월호에 탔던

"사라진 그 아이들"이 함께하는 세계를 만들기 위해서이다.

"청록색 밤의 감정"은 정말 "착시"일까? 렌티큘러처럼 보는 각도에 따라 다르게 보이게 하는 두 눈의 시차 때문일까? 시인은 우리에게 보이지 않는 세계가 보이는 이 세계에 렌티큘화되어 있다고 말하는 것 같다. 렌티큘러로 직조된 세계의 이상한 아름다움에는 슬픔이 겹겹이 스며 있다. 시인이 직조한 세계는 보이는 것과 보이지 않는 것, 투명한 것과 불투명한 것, 잊으려는 것과 잊지 않으려는 것, 기쁨과 슬픔, 애도와 애도의 실패가 렌티큘화되어 올록볼록하고 시시각각 변하는 세계이다. 시인은 우리에게 이렇게 말을 건넨다. "오늘의 뒷면과 앞면을 이제 당신이 이어 주세요" 우리는 뒷면과 앞면을 이어 보이는 것과 보이지 않는 것을 동시에 볼 줄 알아야 하는 것이다.

세계를 재직조하는 서정화의 또 다른 기술은 인간을 '물구나무종'으로 재명명하기이다.

별 바위 곁 춤을 추다 물 위에서 구부러지고 계절에 재깍거리는 나뭇잎들 거느린다 공통되는 세계와 태어나는 전망들 세상과 동떨어진 시간 활활 타오른 안으로 영원을 꿈꾸며 갈피를 접는다 시대의 어둠 안을 통과해 읽어 내고 종이가 한 허공을 밀며 가는 기호들

—「물구나무종」 부분

이 시는 이미 물구나무종이 된 인간의 상태를 묘사한 것

같다. 물구나무종은 머리를 아래로, 발을 위로 한 물구나무를 선 인간종을 말할 것이다. 호모 사피엔스는 발을 아래로 머리를 위로 한 종이다. 그런데 왜 서정화는 인간을 거꾸로 뒤집어 새로운 종류의 종으로 분류하는 걸까? 시에서 그 이유는 충분히 설명되어 있지 않다. 그러나 인간을 거꾸로 뒤집은 까닭은 머리를 위로 한 인간이 별로 마음에 들지 않아서일 것이다. 땅에 뿌리를 내리지 않은 채 땅을 착취하는 인간종을 직접 비판하는 대신 시인은 새로운 인간종을 탄생시키고 있다.

새롭게 태어난 물구나무종은 머리를 아래로 둔 채 책을 읽는다. 그 책에는 "행간 사이 뼈의 활자 새겨 있다". 물구나무종은 "별 바위 곁 춤을 추다 물 위에서 구부러지고 계절에 재깍거리는 나뭇잎들 거느린다" 머리를 위로 한 인간종은 땅에 속하지 않았지만, 물구나무종은 땅에 속한 존재이다. 마치 나무처럼 말이다. 그래서 "활활 타오른 안"에 "상형의 서늘한 그늘 핏빛 연륜이 감기"어 있다.

호모 사피엔스와 달리 물구나무종은 그 내부에 자신의 상형문자를 새긴다. 나무의 나이테를 보라. 인간종은 물구나무종처럼 내부에 핏빛 언어를 새기지 못한다. 인간을 뒤집어 물구나무종으로 재탄생시키는 시인은 다른 세계, 다른 언어, 다른 존재를 꿈꾼다. 서정화의 시적 존재론은 기존의 세계를 재조직하거나 기존의 존재를 변형하여 새롭게 재탄생시키려는 것이다. 그의 시적 욕망은 얼마나 큰가! 「시인의 말」에서 확인한 바와 같이 그는 언어를 신뢰한다.

새로운 세계는 어떻게 직조될 수 있는가? 언어를 통해 할 수 있다. 시인은 스스로 언어의 뿌리를 내려 '말의 나무'가 되고자 한다. 즉 시인이 선택한 언어들은 보증되었다. "언어를 길들이기"를 포기했기 때문이다. 그러므로 시인은 자신의 언어에 대해 풍요롭다. 길들인 언어, 통제된 언어가 아니라, 스스로 뿌리내리고 자란 말의 나무에서 습득한 것이기 때문이다. 다음 시를 보라. 시인이 얼마나 자신의 언어에 대해 풍요로우며 자신만만한지를 말이다.

> 몇 그램의 문장들이 좋여지는 저녁이야

> 구름 띠 틈 비집고 추억만 겹겹이 고여 여러 겹 입체 무늬
> 매끈하게 올려 있지 시니피앙 진화로 시니피에 미묘한 뒤섞
> 임으로 익살 위에 눕는 조사들 분노가 죽음보다 감미롭게
> 부사는 서럽게 향기 나는 바람 책을 한 권씩 독파하며 다함
> 께 모여서 먹을 버터케이크를 미리 맛보고 있어

> 나는 이 허리띠 구멍을 하나 더 뚫어야 해
> ―「Butter Book」 전문

이 시는 시인 서정화가 얼마나 언어를 사랑하며 세심하고 탁월하게 다룰 줄 아는지를 잘 보여 준다. 물론 그의 시적 기술은 언어를 통제하는 식의 길들이기가 아니다. 스스로 언어의 뿌리를 내려 말의 나무가 된 자의 기술임을 우리

는 익히 알고 있다.

시인은 문장을 졸일 줄 안다. 시는 장르적 특성상 언어를 경제적으로 사용하고 압축하는데, 시인 서정화는 시의 생래적 특성을 간파하고 있다. 시는 졸이고 졸인 언어가 재배치되어 의미의 폭탄처럼 팽팽하게 긴장되어 있다. 시인 서정화는 언어를 졸일 줄 아는 능력이 탁월하다. 그는 정형시의 형식을 차용하고 있음에도, 정형시가 갖는 위험을 모두 털어 내고 있다. 문장을 졸일 줄 아는 능력 때문일 것이다.

그가 그리는 세계는 단순하고 매끈하지 않다. 이 시에서도 잘 드러나고 있는데, "구름 띠 틈 비집고 추억"은 "겹겹이 고여 여러 겹"이며 "입체 무늬"가 된다. 언어 역시 "시니피앙" "시니피에"가 "미묘한 뒤섞임"으로 구조화되어 있다. 그는 세계를 매끈하게 단순화하지 않고 올록볼록한 질감으로 요철을 만들고, 시시각각 입체적으로 변하게 한다. 언어에 대한 풍요롭고 민감한 그의 태도는 언어를 살지게 한다.

이 시에서 조사와 부사의 활용에 대해 말할 때조차도 역설적 태도를 취한다. 익살 위에 분노를 얹고, 감미로움과 서러움을 섞는다. 언어를 경제적으로 사용하기 위해 두 가지를 동시에 말하는 모순이나 역설은 필요하다. 언어를 사용하는 그의 감각은 세심하고 테크니컬하다. 문장을 졸여 최소한의 언어를 사용하면서도 (바람)책을 몇 권 씩이나 독파할 수 있는 시인은 "버터케이크를 미리 맛보"는 자의 감각적인 입맛(취향)을 가지고 있다. 이 시의 마지막 행을 보라.

나는 이 허리띠 구멍을 하나 더 뚫어야 해

　말의 나무가 된 자의 언어는 풍요롭고 살진 기쁨으로 가
득하다. 풍요로운 언어로 만들어진 버터케이크는 허리가
굵어지도록 먹어야 한다. 서정화의 시에서 우리는 감각적
언어의 텍스처로 직조한 새로운 세계를 읽어 내고, 풍요롭
고 기쁨으로 가득한 언어의 맛을 한껏 향유할 수 있다. 이
시집을 읽는 내내 우리는 서정화가 베푼 향연에 참여하여
마음의 "허리띠 구멍을 하나 더 뚫어"도 좋을 것이다.

　2. 부조리한 현대를 끌어안기, 아이러니 그리고 헤테로
　　토피아

　시인 서정화가 새로운 세계를 직조하려는 이유는 세계
의 이중성 때문이다. 세계는 온전하게 불의하거나 정의롭
지 않으며, 순전한 슬픔이나 기쁨만 있는 것이 아니며, 일
관되게 정적이거나 동적이지 않다. 그가 세계를 렌티큘러
로 재직조하려는 이유도 그 때문이다. 보이는 세계에는 보
이지 않는 세계가 겹겹이 교차되어 있다는 것을 시인은 안
다. 시인은 이중 구속의 상황에 처한 자로서 곤혹스러운 말
하기를 시작한다.
　서정화가 세계를 새롭게 직조하기 위해 선택한 방법 중
하나는 아이러니이다. 아이러니는 이중의 말하기이며, 위

장 말하기이다. 그것은 표면으로 드러난 것과 이면에 숨겨진 의미가 다를 때 효과적인 말하기 방식이다. 아이러니는 모호하면서 투명하다. 두 개를 동시에 말하기 때문이다. 아이러니스트에게 세계는 분명치 않으며 단일하지 않으며, 매끈하지 않다.

이 시집에서 서정화는 부조리한 세계를 지속적으로 호출한다. 근대의 진보가 가져온 편리하고 발전된 세계의 이면에는 부조리가 함께 있다. 서정화는 세계의 진실을 드러내기 위해 아이러니를 활용한다. 진보 속에 숨겨진 반진보, 생명 뒤에 숨겨진 반생명, 휴머니티 뒤에 가려진 폭력을 동시에 말하기 위해서이다. 그는 이중의 말하기를 통해 부조리한 세계를 비판하고자 한다.

서정화의 시에서 두드러진 정동은 슬픔과 분노인데, 그것은 왜 더 나은 세계가 아닌가에 대한 질문의 형식이기도 하다. 그러한 태도는 시인이 세계를 비판적으로 바라보고 있다는 뜻이다. 시인이 보기에 보이는 세계는 부정성으로 가득하다. 그러나 부정성만으로 가득하다는 의미는 아닐 것이다. 부정적 세계를 이중화함으로써 시인은 그 세계의 부조리와 슬픔을 포착한다.

여러분의 태아에게 미래를 선물하세요

고급 맞춤형 아기를 편집할 수 있어요 키 크고 운동신경과 음악적 재능이 뛰어난 유전자를 주문하세요 난자 공

급자의 자녀 사진과 취미 생활에서 대학 입학 시험 점수까
지 확인할 수 있습니다 우월한 사고를 할 수 있는 DNA의
신인류 후손 보장! 살과 뼈가 뛰어난 완성품을 맞이하세
요 …(중략)…

글로벌 최상급 세포 유전자 자신할 수 있습니다
—「인체 쇼핑」 부분

눈부신 생명공학의 발달은 인간의 생명을 연장하고 건강
을 회복하는 데 기여하였다. 그것은 사실일 것이다. 그러
나 시인이 보기에 그것은 진실이 아니다. 생명공학의 발달
에는 신체 증강의 측면도 있지만 그 뒤에 숨겨진 젠더 불평
등, 몸의 상품화, 자본의 폭력, 의학의 권력화 등이 겹겹
이 감추어져 있다. 몸은 자신의 것이지만, 그래서 부위별
로 팔 수 있을까? 도나 디켄슨의 『인체 쇼핑』의 문제의식을
공유한 시인은 몸을 부위별로 팔 수 있는 생명공학의 시대
를 비판적으로 보고 있다. 그러나 그는 직설적으로 비판하
지 않는다. 오히려 반대로 말하기 즉 아이러니를 시도한다.
위 시는 인체 쇼핑 광고문에 가깝다. 고급 맞춤형 아기를
만들기 위해서는 건강하고 탁월한 DNA를 가진 난자가 필요
하다. 아기는 신비로운 생명체라기보다 과학적으로 제작될
수 있는 고급 생명체이다. 이 시는 "제대혈 은행이 원 스톱
쇼핑 서비스를 선보"이기 위한 상업적 광고의 형식을 띤다.
난자 공급자의 키, 운동신경, 재능, 대학 입학 시험 점수가

등록된 난자와 줄기세포를 "저렴한 가격으로" 팔기 위한 선정적인 광고이다. 시인은 생명공학의 발달이 제공하는 신인류의 탄생을 기뻐하는가? 살과 뼈, 난자를 팔라고 부추기는가? 시는 인체 쇼핑을 부추기는 것 같지만, 이면은 그렇지 않다는 것을 금세 알 수 있다.

시인은 비판적인 언어를 거의 사용하지 않았지만, 살과 뼈를 파는 현대 세계를 부정한다. 아이러니를 통해 시인은 부조리하고 불평등한 폭력이 은폐된 현대 세계를 드러냄으로써 세계의 이중성을 엄중하게 비판한다.

　　셰프의 흥미로운 요리가 탄생하는 오늘

　　반짝이는 과일은 글리세린을 바르고 콜라에 든 각 얼음은 플라스틱으로 만들어 줘 실온에 녹지 않도록 아이스크림은 돼지기름이 좋지 적정한 선까지 수프를 담아 조명 아래 모였어 빛을 빛듯 바닷가의 조약돌은 평평하게 국물에 돌의 무게만큼 높이를 적당히 맞춰
　　　　　　　　　—「수상한 푸드 스타일리스트」부분

　　지금은 너무나 지극한 고독과의 교접 중
　　안녕을 묻지 않아도 좋을 참 기꺼운 고립이 있다면, 고독이 SNS를 먼저 알려 주었을 때 고독은 내게로 와서 다만 독이 되었다네 감염이나 유사 아닌 악플도 저주이니 마음에 맹독을 푸는 무고無辜한 무고巫蠱는 없다 고독사 위

험군인 독거노인 너머에

—「행복세탁소」부분

시인 서정화는 현실에 대해 민감하다. 사회적 이슈를 시의 출발점으로 삼은 경우가 빈번하다. 세월호 사건, 인도 대리모 문제, 지하철 장애인 휠체어 리프트 사건, 이주 노동자의 삶, 일제강점기 역사, 환경오염 등 다양한 사회적 관심이 이 시집의 한 축을 이룬다. 시인 서정화의 관심과 사유가 얼마나 폭넓은지를 가늠하게 해 준다. 그는 서정시를 내적 표현 형식으로 제한하지 않고, 부조리한 현대 세계의 이중적 구조로 연결함으로써 시의 영역을 확장하고 있다.

「수상한 푸드 스타일리스트」는 우리에게 요리란 무엇인가를 묻는다. 자본화된 세계에서 음식은 생명을 서로 나누는 기쁨의 원천이 될 수 없다. 자연이 제공한 공생적 삶이나 사랑이 가득한 손길, 생명을 회복시키는 맛, 기쁨이 가득한 혀의 감각과는 무관한 것이다. 시에서 음식은 화학물질로 만들어진 제품이며, 먹을 수 없지만 먹음직한 것이고, 생명을 머금은 것이 아니라 자본과 결탁되어 있다. 과일을 만들기 위해 글리세린을 바르고, 각 얼음은 플라스틱으로 만든다. 아이스크림은 돼지기름으로 만들었고, 소고기는 용접용 버너로 바싹 익힌 것이고, 우유는 흰색 PVA로 만든 것이다. 시인은 아이러니스트답게 현대 세계가 플라스틱으로 만들어진 가짜 세계라는 것을 단번에 드러낸다. 이중의 말하기는 시인이 세계의 부조리에 대해 얼마나 예민하고 집요하게 접근하고 있는지를 보여 준다.

「행복세탁소」역시 마찬가지다. 행복세탁소는 말처럼 행복한 곳이 아니다. 행복함과 행복하지 않음이 교차된 이중의 세계에 시인은 관심이 많다. 이 시에는 "고독은 내게로 와서 다만 독이 되"는 자들의 슬픔이 스며 있다. "독거노인 너머" "의문사 너머" 고립되어 고독한 자들의 내면에 가닿지 못하는 현대 세계를 그려 내고 있다. "진짜로 슬퍼서 하는 장례식장"처럼 보이지만, 그 이면에는 슬픔 없는 애도, 애도 없는 죽음의 실체가 있다고 말하고 싶어 하는 것 같다. 물론 시인은 자신이 하고 싶은 말을 냉각시켜 이중의 말하기를 밀어붙인다.

아이러니는 세계의 부정성을 드러내는 차이의 말하기로서, 절망으로 떨어지지 않으면서 희망으로도 나아가지 않는 차가운 말하기일 것이다. 그렇다면 서정화는 이 시집에서 세계에 대해 차가운 태도로 일관하는 것일까? 의외로 그렇지 않은데, 그는 특정 장소를 이중화하는 헤테로토피아적 태도를 취함으로써 자신의 세계 사랑을 표현하고자 한다. 헤테로토피아hétérotopia는 '위치를 가지는 유토피아'로서 현실에 존재하지 않는 '다른 공간' '반공간'을 뜻하는 푸코의 개념이다. 헤테로토피아는 그런 점에서 아이러니한 장소를 의미한다. 유토피아와 디스토피아로 환원되지 않는 이중의 장소가 헤테로토피아인 것이다.

시인은 '수원'이라는 특정 장소를 아이러니한 이중의 장소인 헤테로토피아로 인식하는 것 같다. 그것은 수원에 대한 특별한 사랑을 의미한다. 이중의 말하기로 재배치되고 재직조된 세계는 어쩌면 냉랭하게 느껴질 수 있다. 하지만 시인은 더 나은 세계를 추구한다. 아이러니는 진실 말하기이다. 세계의 부조리를 드러내려는 것은 세계를 단지 비판하기 위해서가 아니라, 더 나은 세계가 되기를 바라는 사랑 때문일 것이다. 시인의 사랑이 가장 적극적으로 표현된 장소가 수원이다. 부조리한 이 세계에 자신이 긍정하는 수원이라는 장소를 겹쳐 놓을 때 아이러니는 비판과 지적 냉랭함에서 자기 긍정과 사랑으로 열려 나간다.

> 형형색색 태어나는 행리단길 간판들
> 영원 같은 전경으로 변하고 있을 전생 천 개의 보이지 않는 거룩한 눈 움직이는 손, 전망은 어딘지 신점 같은 면이 있지 문턱 낮은 입구로 통과하는 호기심들 이음매 빠진 시간 앞 네 개의 컷 네게로의 컷, 어둠의 눈 감기 위해 빛의 눈을 떠야 하는 운명도 바꿔 놓을 이미지로 변환하니
> 이상의 무한을 열어 환해지는 다른 세계
> ─「천수암 인생네컷」 부분

이 시에는 행리단길에 대한 각주가 달려 있다. 행리단길은 수원 행궁동을 뜻하는데 시인은 각주를 통해 "점집 타운이었으나 점집이 나간 자리에 다양한 가게들이 입점되었다"고 설명한다. 행리단길은 수원의 역사가 집약된 문화유적지인데, 여기에는 단지 전통의 의미뿐 아니라 대중적이고

세속적인 현대적 취향이 함께 얽혀 있다. 시인은 이 장소에서 정조 대왕의 위엄과 유구한 전통보다 "형형색색 태어나는 행리단길 간판들"에 주목한다. 그리고 "영원 같은 전경으로 변하고 있을 전생"과 "천 개의 보이지 않는 거룩한 눈"을 발견한다. 행리단길은 아이러니한 장소로서 과거에 존재했던 정조 대왕의 찬란한 역사가 현실에 존재하는 헤테로토피아라고 할 수 있다. 시인은 수원을 헤테로토피아로 접근하면서 행리단길의 간판들에서 "이상의 무한을 열어 환해지는 다른 세계"를 겹쳐 놓는다. 이 시는 수원의 장소적 아이러니를 느끼게 하면서 '위치를 가지는 유토피아'를 구현한다.

이 시집에는 수원을 시적 장소로 선택한 시들이 많은 편이다. 서정화의 수원 시편은 헤테로토피아로서 비판에서 사랑으로, 지적 냉랭함에서 열린 감정으로 나아간다. 부조리한 현대를 끌어안으려는 시인의 숨겨진 세계 사랑을 느낄 수 있다.

스스로 말의 나무가 되고자 하는 시인, 매끈한 세계가 아니라 올록볼록하고 시시각각 변하는 세계를 직조하는 시인, 풍요롭고 민감한 언어 감각을 가진 시인, 이중의 말하기를 선택한 아이러니스트 시인, 수원을 헤테로토피아로 인식하고 세계 사랑을 구현하는 시인, 정형시의 형식을 자유롭게 주무르는 서정화의 시적 세계는 어디까지 나아갈 수 있을까? 그의 시를 읽는 동안 독자는 시인의 시적 여정에 참여하고 함께 향유할 수 있을 것이다.